AF312331

*26 Janvier 1911*

*marque PN*

# OBJETS D'ART

ET

## D'AMEUBLEMENT

### DU PREMIER EMPIRE

ET AUTRES

## Appartenant à Monsieur M. CIVIALLE

### (PREMIÈRE VENTE)



### PARIS 1911

# CATALOGUE

DES

# OBJETS D'ART

ET

## D'AMEUBLEMENT

### DU PREMIER EMPIRE

#### ET AUTRES

Porcelaines, Objets variés, Sculptures

### PENDULES, CANDÉLABRES, ETC., EN BRONZE

#### SURTOUT DE TABLE, PAR THOMIRE

### MEUBLES

#### SECRÉTAIRE MONUMENTAL

## Appartenant à Monsieur M. CIVIALLE

ET DONT LA VENTE, POUR RAISON DE SANTÉ, AURA LIEU A PARIS

# HOTEL DROUOT, SALLE N° 1

### Les Vendredi 27 et Samedi 28 Janvier 1911

*à deux heures*

COMMISSAIRES-PRISEURS

**Mᵉ G. COULON**          **Mᵉ Henri BAUDOIN**

12, rue de la Victoire          *Successeur de M. PAUL CHEVALLIER*

PARIS          10, rue Grange-Batelière

EXPERTS

## MM. MANNHEIM

7, rue Saint-Georges

---

## EXPOSITION PUBLIQUE

**Le Jeudi 26 Janvier 1911, de 1 heure 1/2 à 5 heures 1/2**

# CONDITIONS DE LA VENTE

Elle sera faite *au comptant.*

Les adjudicataires paieront *dix pour cent* en sus des enchères.

# ORDRE DES VACATIONS

### Le Vendredi 27 Janvier 1911

Porcelaines, Objets variés, Sculptures . . . .  1 à 44
Pendules, Bronzes (Partie des) . . . . . . . .  45 à 118

### Le Samedi 28 Janvier 1911

Pendules, Bronzes (Fin des) . . . . . . . .  119 à 184
Meubles . . . . . . . . . . . . . . . . .  185 à 215

Paris — Imprimerie de l'Art, CH. BERGER, 41, rue de la Victoire.

# DÉSIGNATION

## PORCELAINES

### OBJETS VARIÉS, SCULPTURES

1 — Deux médaillons ronds en biscuit, présentant chacun une corbeille de fleurs en blanc sur fond bleu.

2 — Deux assiettes à sujets mythologiques en porcelaine Empire.

3 — Sucrier avec couvercle, pot à lait et coupe à décor de sujets de chasse. Porcelaine Empire.

4 — Deux vases dorés, à décor de trophées d'armes, avec paysage polychrome sur la face principale, anses à cariatides ailées. Porcelaine Empire.

5 — Deux assiettes variées, décorées de paysages, en porcelaine de la manufacture de Dagoty.

6 — Cafetière, sucrier et pot à lait avec couvercles, deux tasses avec deux soucoupes, et plateau ovale en porcelaine de Berlin, à décor de fleurs et insectes.

7 — Deux grosses potiches avec couvercles en porcelaine de Chine; décor bleu : danseurs de corde, athlètes et personnages.

8 — Tric-trac-échiquier en marqueterie de bois de couleur incrustée de nacre. XVIII$^e$ siècle.

9 — Nécessaire de toilette, composé d'ustensiles en cristal et argent de travail anglais. Dans une boîte en bois incrusté de cuivre.

10 — Nécessaire de toilette, garni d'ustensiles en cristal et argent. Dans une boîte en racine. Commencement du XIX$^e$ siècle.

11 — Boîte, de forme contournée, en marqueterie de bois de couleur et d'os.

12 — Cave à liqueurs en cristal, dans une boîte en bois clair. Époque Restauration.

13 — Dévidoir en bois. Commencement du XIX$^e$ siècle.

14-15 — Quatre boîtes variées, décorées au vernis.

16 — Grande coupe en bois, décorée au vernis de personnages. XVIII$^e$ siècle.

17 — Plateau de surtout, à fond de glace en trois parties. Pourtour en bois doré. Fin du xviii<sup>e</sup> siècle.

18 — Trophée, surmonté d'un aigle, en bois doré.

19 — Neuf médaillons ovales en bois peint, sur lesquels sont appliqués des bustes d'empereurs romains en bronze à patine brune.

20 — Motif de couronnement en bois doré, présentant l'aigle de Russie.

21 — Écusson en bois partiellement doré aux armes de Russie.

22 — Médaillon ovale en bois doré et peint bleu, présentant un bas-relief : l'Amour et Psyché. Commencement du xix<sup>e</sup> siècle.

23 — Baromètre-thermomètre en bois sculpté, à décor de feuillages. Fin du xviii<sup>e</sup> siècle.

24 — Chevalet en bois sculpté à têtes de cygnes. Époque Empire.

25 — Deux jardinières rectangulaires en acajou, ornées d'appliques en bronze doré à figures de femmes drapées à l'antique et paysages. Époque Restauration.

26 — Deux cache-pots quadrilatéraux en bois, ornés chacun de deux mascarons en bronze doré.

27 — Deux jardinières quadrilatérales en tôle peinte,
à décor de sujets galants. Époque Empire.

28 — Harpe en bois peint et doré à fleurs, de *Sébas-
tien Érard, London*. Fin du xviii<sup>e</sup> siècle.

29 — Échiquier en ivoire et ébène avec pièces en
ivoire et ivoire teint. Dans une boîte en acajou
portant le nom de *Laurençot, à l'Échec couronné.
Palais-Royal, n° 73*. Époque Empire.

30 — Glaive de l'École de Mars.

31 — Quatre épées variées du commencement du
xix<sup>e</sup> siècle.

32 — Deux sabres turcs de forme courbe.

33 — Fusil de chasse à deux coups, à crosse de bois
sculpté.

34 — Buste d'homme en terre cuite, grandeur nature.

35 — Buste en terre cuite, grandeur, nature de
femme décolletée.

36 — Buste en terre cuite de femme, grandeur nature, les cheveux ornés de perles et de fleurs,
les épaules couvertes d'une draperie. Socle en
marbre de couleur.

*105* 37 — Groupe en marbre blanc, composé de deux personnages, l'un traînant l'autre. Socle en marbre blanc et noir.

*380* 38 — Buste de souverain couronné de laurier en marbre blanc, plus grand que nature.

*125* 39 — Buste de femme, plus grand que nature, en marbre blanc.

*150* 40 — Buste d'adolescent en marbre blanc, grandeur nature, avec draperie sur l'épaule gauche.

*315* 41 — Buste en marbre blanc, plus grand que nature : Napoléon Ier.

*200* 42 — Vase simulé en marbre de couleur, en forme d'amphore.

*325* 43 — Deux vases en porphyre, sur base quadrilatérale en marbre jaune. Époque Restauration.

44 — Coupe en albâtre oriental à culot godronné.

# PENDULES ET BRONZES

*505* 45 — Pendule en marqueterie d'écaille sur cuivre, garnie de bronzes dorés, tels que : personnage musicien, bustes, rocailles, statuette d'amour, etc. Cadran signé : *Calon, à Paris*. Époque Louis XV.

46 — Pendule en marbre blanc, noir et bronze doré,
à mouvement placé entre deux colonnettes et
surmonté d'une statuette de guerrier debout.
Fin du xviii<sup>e</sup> siècle.

47 — Petite pendule à cadran tournant en bronze
doré et marbre blanc; elle est composée d'un
vase placé sur une gaine contre laquelle s'appuie une statuette de femme nue debout. Fin
du xviii<sup>e</sup> siècle.

48 — Partie de plateau de surtout à fond de glace,
garni de bronze. Fin du xviii<sup>e</sup> siècle.

49 — Mufle de lion en ancien bronze provenant
d'une fontaine.

50 — Deux candélabres à trois lumières, formés
chacun d'une statuette de femme debout drapée à l'antique et tenant un petit vase d'où
naissent les bras de lumières entourant un
thyrse. Fin du xviii<sup>e</sup> siècle ou commencement
du xix<sup>e</sup> siècle.

51 — Surtout de table en bronze doré, par *Thomire*.
Époque Empire. Il se compose d'une coupe
décorée de quatre statuettes allégoriques sur
base enguirlandée, surmontée d'une couronne
de lumières; de deux coupes ovales, ornées
chacune de deux statuettes de Renommées sur
bases rectangulaires à trophées; et de deux
grands candélabres à huit lumières, composés

de trophées d'armes de style antique. Signé :
*Thomire, à Paris.*

52 — Deux candélabres à trois lumières en bronze
patiné et doré à figures de génies ailés, portant
les douilles de lumières. Base cylindrique à
surface couverte de fleurs. Époque Empire.

53 — Deux candélabres à quatre lumières en bronze
patiné et doré, à figures de femmes debout, drapées à l'antique, portant sur la tête le bouquet
de lumières. Base quadrilatérale ornée d'un
mascaron et de palmettes. Époque Empire.

54 — Deux candélabres à quatre lumières en bronze
patiné et doré, à figures de femmes debout,
drapées à l'antique, tenant un petit plateau
supportant une coupe. Base quadrilatérale unie.
Époque Empire.

55 — Deux candélabres à trois lumières en bronze
doré, formés de vases décorés de figures de
génies ailés et reposant sur des bases quadrilatérales ornées d'un mascaron barbu, de crois-
sants et d'étoiles. Époque Empire.

56 — Deux candélabres à quatre lumières en bronze
à patine brune et bronze doré, formés chacun
d'une statuette de petit génie ailé portant sur la
tête le bouquet de lumières et reposant d'un pied
sur un globe placé sur une base cylindrique
côtelée. Époque Empire.

57 — Deux candélabres à cinq lumières en bronze
doré, à tige quadrilatérale surmontée de quatre
petits bustes adossés, supportant le bouquet de
lumières à volutes. Époque Empire.

58 — Deux appliques à deux lumières en bronze
doré, à décor de cygnes et rinceaux. Époque
Empire.

59 — Pièce de surtout en bronze doré, composée
d'un groupe de trois femmes drapées à l'antique, portant de leurs bras surélevés une corbeille d'où naissent trois groupes de branches
porte-lumières. Base ronde chargée de guirlandes de fleurs. Époque Empire.

60 — Deux candélabres à deux lumières en bronze,
formés d'un vase surbaissé surmonté d'un pa-
nache et placé sur une base ornée de mascarons à têtes barbues. Époque Empire.

61 — Deux candélabres à cinq lumières, formés
chacun d'une statuette de femme debout drapée
à l'antique en bronze à patine brune, portant
des deux mains un petit vase d'où s'échappent
deux branches de lumières, et tenant sur la tête
le bouquet des trois autres lumières. Base quadrilatérale ornée d'une figure de génie. Époque
Empire.

62 — Pendule en bronze doré, à mouvement surmonté d'une statuette d'amour assis et appuyé
à un tronc d'arbre. Époque Empire.

63 — Pendule en bronze, ornée d'une figure de
jeune berger debout. Époque Empire.

64 — Pendule en bronze doré, à mouvement surmonté d'une statuette d'Omphale assise sur la
peau du lion de Némée. Époque Empire.

65 — Pendule en bronze doré et patiné, à mouvement surmonté d'une statuette de Léda. Époque
Empire.

66 — Pendule en bronze doré, à mouvement compris dans une bordure ajourée, ornée de figures
de sirènes, de dauphins et de cygnes. Le mouvement est porté par quatre cariatides de femmes
posées sur une base ronde. Époque Empire.

67 — Pendule en bronze doré, à mouvement compris dans un édicule surmonté d'une statuette
d'amour faisant sa toilette. Époque Empire.

68 — Pendule en bronze doré, ornée de guirlandes,
de palmettes et d'une allégorie de la musique :
auprès du mouvement se dresse une statuette
de personnage jouant de la flûte. Époque Empire.

69 — Pendule en bronze doré, à mouvement compris entre quatre colonnettes cannelées : décor
de chevaux marins. Époque Empire.

70 — Pendule en bronze patiné et doré, à mouvement surmonté d'une statuette de négresse assise tenant un arc. Époque Empire.

71 — Pendule en bronze doré, à mouvement surmonté d'une statuette de génie ailé occupé à se tailler un arc. Base décorée de figures en léger relief. Époque Empire.

72 — Pendule de voyage en bois noir. Époque Empire.

73 — Deux candélabres en bronze patiné et doré, composés d'une statuette de génie ailé portant au-dessus de la tête une couronne contenant cinq lumières. Base quadrilatérale à médaillons. Époque Empire.

74 — Deux grands vases en bronze doré, à décor de guirlandes portées par des bucranes. Époque Empire.

75 — Garniture de cheminée en bronze doré, composée d'une pendule en forme de vase à anses figurines et de deux vases décorés de nymphes dansant. Bases en marbre vert. Époque Empire.

76 — Pendule en bronze doré, ornée d'une statuette d'Omphale assise sur le mouvement, tenant la massue de la main gauche. Époque Empire.

77 — Pendule en bronze doré, surmontée d'un groupe : femme et amour, et accostée d'ustensiles divers. Cadran signé : *Thonissen, à Paris.* Époque Empire.

78 — Deux candélabres à quatre lumières en bronze patiné et doré, ornés chacun d'une statuette de génie ailé, debout sur base carrée; bouquet de lumières surmonté de flammes et de fumée. Époque Empire.

79 — Deux plateaux de surtout en cristal et bronze doré, à décor de feuillages et sur trois pieds gravés. Époque Empire.

80 — Deux petites coupes ovales à anses serpents, décor de godrons; bronze doré. Époque Empire.

81 — Deux vases en bronze doré, décorés de figures de Bacchus, à corps terminé par des rinceaux, et portant des cornes d'abondance. Base carrée. Époque Empire.

82 — Lustre en métal bleui et bronze doré, composé d'une couronne de douze lumières et surmonté d'une statuette de Mercure. Époque Empire.

83 — Deux coupes en bronze doré, à anses serpents, base en marbre vert de mer. Époque Empire.

*110*

81 — Deux pièces de surtout de forme ronde, à fond de glace ; monture en bronze patiné et doré. Époque Empire.

*250*

85 — Pendule en bronze doré, ornée d'une statuette de berger jouant de la flûte. Époque Empire.

*170*

86 — Deux vases en bronze doré à feuillages, sur base en marbre jaune. Époque Empire.

87 — Pendule en bronze doré, ornée d'une statuette de Cérès et placée sur une fontaine à deux déversoirs. Époque Empire.

*95*

88 — Statuette équestre de mameluck en bronze. Époque Empire.

89 — Bas-relief en bronze, à trois figures de style antique. Époque Empire.

*180*

90 — Deux petits bustes en bronze doré de guerriers de style antique. Époque Empire.

*160*

91 — Deux statuettes de Mars et Minerve assis en bronze doré, base en marbre blanc. Commencement du XIX<sup>e</sup> siècle.

92 — Galerie de foyer en bronze patiné vert et doré, ornée de griffons et palmettes. Commencement du XIX<sup>e</sup> siècle.

93 — Deux candélabres à trois lumières en bronze argenté, tige ornée de petites feuilles. Commencement du XIXᵉ siècle.

94 — Deux candélabres à quatre lumières, sur tige à pans et pied gravé en bronze argenté. Commencement du XIXᵉ siècle.

95 — Deux cassolettes avec couvercles en bronze patiné et doré, reposant sur trois pieds carrés à têtes de femmes, avec petit balustre au centre. Commencement du XIXᵉ siècle.

96 — Pendule en bronze doré, ornée d'un groupe : femme avec amour appuyée contre le mouvement. Commencement du XIXᵉ siècle.

97 — Deux grands candélabres à cinq lumières en bronze doré, composés chacun d'une statuette de génie debout sur base carrée et portant des deux bras surélevés une couronne contenant les porte-lumières. Commencement du XIXᵉ siècle.

98 — Deux bras-appliques en bronze doré, ornés chacun d'une coupe simulant une saucière. Commencement du XIXᵉ siècle.

99 — Grande pendule en bronze patiné et marbre vert de mer : l'Amour et Psyché. Commencement du XIXᵉ siècle.

100 — Pendule en bronze patiné et doré, à mouvement entouré d'un groupe à sujet galant composé d'un nègre et d'une négresse. Base à frise
d'amours. Commencement du xix<sup>e</sup> siècle.

101 — Vase en bronze à patine brune, à anses s300éle-
vées et panse unie. Base quadrilatérale en marbre
jaune. Commencement du xix<sup>e</sup> siècle.

102 — Deux vases en bronze doré, à anse suré-
levée à mascarons, panse unie, culot feuillagé,
base en marbre de couleur. Commencement du
xix<sup>e</sup> siècle.

103 — Pendule forme lyre en bronze doré, ornée
d'un masque du soleil et de deux têtes d'aigles.
Base en marbre blanc. Commencement du xix<sup>e</sup>
siècle.

104 — Quatre coupes en cristal, sur base en bronze
doré à feuillages. Commencement du xix<sup>e</sup>
siècle.

105 — Grand lustre en bronze et cristaux, forme
corbeille, garni de figures allégoriques. Commencement du xix<sup>e</sup> siècle.

106 — Onze flambeaux variés en bronze et bronze
argenté, du commencement du xix<sup>e</sup> siècle.
(Seront divisés.)

107 — Flambeau de bouillotte à deux lumières en
bronze et bronze doré, à tige formée d'une figurine de génie debout. Époque Restauration.

108 — Deux petites appliques à trois lumières en
bronze doré, ornées de feuillages. Époque Restauration.

109 — Deux candélabres à quatre lumières en
bronze patiné et doré, à figures de génie tenant
sur la tête le bouquet de lumières et reposant
sur une base quadrilatérale portée par quatre
pieds-griffes à têtes d'aigles. Époque Empire.

110 — Pendule en bronze doré, ornée d'une statuette de Léda; mouvement contenu dans un
rocher en bronze patiné. Époque Restauration.

111 — Deux candélabres en bronze patiné et doré,
à figure d'amour tenant un arc et portant le
bouquet de lumières. Époque Restauration.

112 — Galerie de foyer en bronze, ornée de lions
couchés. Epoque Restauration.

113 — Deux hanaps en bronze doré, ornés chacun
d'un mascaron sur le déversoir. Anse en forme
de dragon. Base en marbre. Epoque Restauration.

114 — Écritoire en bronze doré, à palmettes et sur
pied gravé. Époque Restauration.

115 — Deux vases en bronze doré, à panse unie, anses à mufles de lions et culot feuillagé. Base en marbre noir. Époque Restauration.

116 — Deux bras-appliques à trois lumières en bronze doré, décor de palmettes. Époque Restauration.

117 — Grande pendule-borne en bronze doré, surmontée d'une coupe et décorée de guirlandes de lauriers et de rubans. Cadran signé : *Denière, bronzier à Paris*. Époque Restauration.

118 — Deux candélabres à huit lumières en bronze doré, à tige colonnette côtelée. Époque Restauration.

119 — Grande pendule en bronze doré, ornée d'une statuette de Minerve assise sur le mouvement. Base en marbre jaune portée par deux lions. Époque Restauration.

120 — Pendule-borne en acajou, mouvement signé : *Janvier*. Époque Restauration.

121 — Pendule-borne en acajou, mouvement signé : *Cronier aîné*. Époque Restauration.

122 — Petite pendule en bronze doré, à mouvement entouré d'attributs de la musique et de l'amour et sur base ornée d'un sujet allégorique et de rinceaux. Époque Restauration.

123 — Pendule, à mouvement compris dans une arcade à pilastres cannelés ; bronze doré. Époque Restauration.

124 — Deux candélabres à quatre lumières, sur tige en forme de balustre feuillagé reposant sur trois pieds-griffes. Époque Restauration.

125 — Deux statuettes en bronze à patine brune, représentant chacune Bacchus debout. Base quadrilatérale en marbre jaune. Époque Restauration.

126 — Deux candélabres à six lumières en forme de corne d'abondance. Époque Restauration.

127 — Deux coupes ajourées, décorées de feuillages et sur pied également feuillagé et enrichi de fleurettes. Bronze à patine brune. Époque Restauration.

128 — Deux coupes ovales en bronze à patine brune, à décor de feuillages sur base quadrilatérale en marbre jaune. Époque Restauration.

129 — Petit buste en bronze à patine brune : Portrait de Rousseau, sur base élevée à cannelures. Époque Restauration.

130 — Deux candélabres à cinq lumières, formés chacun d'une figure de Flore terminée en gaine en bronze patiné. Base carrée et bouquet de lumières en bronze doré.

*610* 131 — Deux candélabres de surtout à cinq lumières en bronze doré, ornés de trois statuettes de femmes assises ; base en marbre vert de mer.

*620* 132 — Grande pendule à musique en bronze doré, surmontée d'une figurine d'amour.

*210* 133 — Deux candélabres à trois lumières, formés chacun d'un canard debout en bronze de la Chine ; bras de lumières en bronze doré avec fleurettes de porcelaine.

*435* 134 — Écritoire en bronze, surmontée de deux bras de lumières et ornée d'une statuette en ancienne porcelaine de Chine et de fleurettes en porcelaine.

*4.000*
*Loevenstein*
135 — Pendule en porcelaine de Chine et bronze doré, ornée d'un personnage étendu sur un dauphin ; branchages ornés de fleurettes en porcelaine. Cadran signé : *Fieffe, H<sup>er</sup> de l'Observatoire à Paris*.

136 — Deux grandes patères en bronze doré, à feuillages.

*350* 137 — Deux vases en marbre blanc, avec garnitures de bronzes dorés, tels que : anses, collerettes feuillagées, et frises de danses de bacchantes.

*880* 138 — Deux cassolettes en métal verdi, sur trépied à têtes de boucs en bronze, avec groupe de dieux-marins au milieu. Base en marbre blanc.

810
*Ben Simon*

139 — Deux candélabres à cinq lumières, formés chacun d'un vase en marbre brèche d'Alep décoré de guirlandes de fruits en bronze doré et supportant le bouquet de lumières également en bronze doré.

400

140 — Deux candélabres à trois lumières, à tige formée d'une statuette de femme égyptienne debout en bronze à patine verdâtre, portant sur la tête le vase porte-lumières en bronze doré.

150

141 — Deux candélabres à quatre lumières en bronze à patine verte et bronze doré, à tige formée d'une statuette de femme égyptienne debout, portant sur la tête le bouquet de lumières.

1.950
*Bal*

142 — Deux grands candélabres à sept lumières en bronze doré, formés chacun d'une statuette de femme égyptienne debout, portant sur la tête le bouquet de lumières.

655

143 — Deux candélabres à quatre lumières en forme de cassolette en métal bleui, portée par un trépied à têtes d'aigles en bronze doré. Base en marbre blanc.

2000
*Armand Lévy*

144 — Deux très grands candélabres à six lumières en bronze doré, à tige décorée de dragons, branches simulant des carquois et sur base cantonnée de lions.

145 — Deux grands bras-appliques à cinq lumières, à gaine formée d'une figure de femme vêtue de draperies. Les branches porte-lumières sont composées chacune d'une figure de femme à corps se terminant par des feuilles.

146 — Deux grands candélabres à dix lumières en bronze doré, sur base simulant un tronc d'arbre sur lequel grimpent des animaux. Base portée par des lions couchés.

147 — Deux cassolettes ovales en bronze doré, à pourtour ajouré. Elles sont portées chacune par deux figures de femmes tenant des couronnes et à corps terminé par un pied de biche. Base en marbre blanc.

148 — Grande pendule en bronze doré, à mouvement accosté d'une figure allégorique de la Musique jouant de la lyre ; de l'autre côté, une statuette d'amour.

149 — Deux bras-appliques en bronze doré à trois lumières, les branches de lumières composées d'enroulements sont terminées par des têtes d'aigles.

150 — Pendule-lyre en bronze doré et marbre blanc, à mouvement apparent encadré de strass et signé : *Gavelle le jeune*.

151 — Deux petits bras-appliques à une lumière, à décor de coquilles, mascarons et feuillages.

152 — Deux aiguières simulées en bronze doré:
socles en marbre jaune et bronze doré.

153 — Deux candélabres à trois lumières en bronze
doré et métal verni vert-foncé, formés de cassolettes sur trépieds à griffes.

154 — Deux chenets en bronze patiné avec traces de
dorure; modèle à rocailles surmontées de lions
couchés.

155 — Pendule en bronze doré et marbre blanc, à
mouvement placé dans un tronc d'arbre contre
lequel s'appuie un personnage nu jouant de la
flûte; il est accompagné d'un amour et d'oi-
seaux.

156 — Pendule en marbre blanc et bronze patiné et
doré; mouvement surmonté d'un vase et accompagné de deux enfants étendus.

157 — Vase en porphyre rouge, porté par un trépied en bronze doré formé de trois dauphins sur
base triangulaire.

158 — Deux vases en bronze patiné vert et doré,
ornés chacun d'une frise de jeux d'enfants et
d'anses mascarons à têtes de femmes. Base
carrée en marbre de couleur.

159 — Deux grandes aiguières en bronze et bronze
patiné, à décor d'enfants et de feuillages.

160 — Deux vases à godrons avec couvercles, en
serpentine diamantée; monture en bronze doré,
à mascarons et frises de postes.

161 — Deux vases en bronze doré, à anses formées
de tigres reposant sur des mascarons; base
en marbre jaune.

162 — Petit buste en bronze de Louis XVIII, sur
base en granit.

163 — Petit buste de Louis-Philippe en bronze
patiné : socle en marbre jaune.

164 — Lampe formée d'une statuette en bronze de
Mercure, d'après Jean de Bologne.

165 — Statuette de Molière debout, en train de
lire, en bronze patiné; socle en marbre rouge
orné d'une frise en bronze doré relative à
Molière.

166 — Deux presse-papiers en bronze doré et marbre
jaune, ornés chacun d'un chien couché.

167 — Quatre plateaux de surtout en cristal et
bronze doré, à tige ornée d'une figurine de petit
génie ailé.

168 — Trois flambeaux de bouillotte variés en
bronze, modèle à colonnette.

*92*

169 — Statuette en bronze patiné, représentant une
Muse debout appuyée contre un pilastre.

*140*

170 — Pendule en bronze patiné, ornée d'une statuette de Jean Bart. Base en marbre rouge.

*145*

171 — Lanterne de vestibule en bronze, garnie de
cristaux.

*400*

172 — Pendule en bronze, simulant l'Église Notre-
Dame de Paris.

173 — Médaillon ovale en bronze : Portrait de
Napoléon Ier. Signé : *Martinot, ciseleur.*

*85*

174 — Encrier, simulant un faiseur de tours, bronze
patiné et doré, avec base en bois.

175 — Figurine du Temps en bronze doré, sur base
en marbre noir.

176 — Deux statuettes en bronze doré : Démosthène
et Aristide.

177 — Deux petits bustes de génies, en bronze doré.

178 — Deux petits bustes de personnages de style
égyptien en bronze doré.

*55*

179 — Deux seaux à rafraîchir en forme de vases à
anses mufles de lions et à culot godronné, cuivre
argenté.

180 — Statuette en bronze : Vénus accroupie, sur base en marbre blanc.

181 — Médaillon rond à patine brune : Portrait de Marat.

182 — Frise en bronze doré : Enfants astronomes.

183 — Cartel en bois doré et peint noir, orné d'une peau et d'une tête de lion.

184 — Lion en bronze patiné, la patte droite appuyée sur une sphère dorée.

# MEUBLES

185 — Deux grandes torchères en bois sculpté et doré à feuilles et mascarons. Travail italien du xviiie siècle.

Haut., 1 m. 90 cent.

186 — Deux tables de nuit en bois de placage, ouvrant à deux portes surmontées d'un tiroir; garnitures de bronzes dorés. Dessus de marbre. En partie du temps de la Régence.

187 — Meuble à hauteur d'appui de forme contournée en bois de placage, ouvrant à deux portes et garni de bronzes dorés, tels que : mascarons et encadrements à rocailles. Dessus de marbre blanc. En partie du temps de la Régence.

188 — Deux encoignures du temps de Louis XV, en marqueterie de bois de couleur à losanges, ouvrant à deux portes et garnies de bronzes dorés. Dessus de marbre de couleur.

189 — Table-coiffeuse, du temps de Louis XV, en marqueterie de bois de couleur, renfermant des casiers et des tiroirs.

190 — Table-tric-trac, du temps de Louis XV, en marqueterie de bois de couleur; garnitures de bronzes. Elle est accompagnée de jetons en bois frappé.

191 — Commode du temps de Louis XVI. à trois tiroirs, en acajou et bois clair, garnie de bronzes à décor de grecques. Dessus de marbre blanc, avec galerie de cuivre.

192 — Secrétaire du temps de Louis XVI, pouvant accompagner la commode précédente.

193 — Table ovale en bois de placage, avec panneaux laqués à paysages animés. Elle contient un tiroir formant bureau avec miroir. Croisillon d'entrejambes, avec corbeille. Dessus de marbre blanc, galerie de cuivre. En partie de la fin du XVIII<sup>e</sup> siècle.

194 — Grande console en bois peint et doré, décorée, sur la ceinture, de griffons ailés, de rinceaux et de guirlandes. Elle repose sur huit pieds cannelés. Tablette de marbre. Commencement du XIX<sup>e</sup> siècle.

195 — Fauteuil en bois sculpté, à rinceaux feuillagés et moulures. Commencement du xıxᵉ siècle.

196 — Secrétaire monumental en acajou et bois doré, garni de bronzes dorés. Il ouvre au moyen d'un abattant surmontant deux tiroirs et placé entre deux lions ailés reposant sur un pied-griffe. Sur les côtés, deux armoires vitrées. Le couronnement contient une armoire à deux portes, avec niche de chaque côté et armoires latérales ; il est surmonté d'un dôme. Les garnitures de bronzes dorés comprennent des carquois, de petites cariatides, des encadrements, l'initiale L portée par des Renommées, l'initiale N timbrée d'un aigle ainsi que des frises d'acanthe. Le revers est également orné de bronzes dorés. La serrure de l'abattant est à sonnerie. Époque Empire.

Haut., 2 m. 50 cent.; larg., 1 m. 45 cent.

197 — Deux torchères sur base triangulaire en bois peint vert et doré, à décor de palmettes et moulures. Époque Empire.

198 — Table-bureau à trois tiroirs en acajou, sur pieds à têtes humaines. La ceinture est ornée de mascarons et de guirlandes de laurier. Époque Empire.

199 — Deux gaines à quatre faces en acajou, garnies de bronzes dorés : carquois, guirlandes, masque du soleil. Époque Empire.

196

200 — Console en acajou, sur pied à cariatides de satyres. Dessus de marbre blanc. Epoque Empire.

201 — Guéridon rond en acajou, porté par trois aigles en bois doré, à corps terminés par des cornes d'abondance. Dessus de marbre. Epoque Empire.

202 — Lit, commode et table de nuit forme corbeille en bois clair, garnis de bronzes dorés, tels que : bas-reliefs à sujets tirés de l'histoire de Psyché, pour la commode; cols de cygnes et guirlandes de feuilles pour le lit, et palmettes pour la table de nuit. Epoque Empire.

203 — Deux gaines quadrilatérales en acajou, ornées de mascarons en bronze. Époque Empire.

204 — Horloge à gaine en ébène. Époque Empire.

205 — Secrétaire à abattant en acajou, garni de têtes de femmes et de mufles de lions en bronze doré. Dessus de marbre noir. Époque Empire.

206 — Trois chaises en bois sculpté, siège en velours vert. Époque Restauration.

207 — Table à ouvrage sur pied à lyre. Époque Restauration.

208 — Petit bureau à abattant, muni d'un écran.

209 — Armoire vitrée en acajou, à deux portes.

210 — Table à jeu à abattant en acajou.

211 — Petite table à un tiroir, sur pieds ajourés reliés par une traverse.

212 — Guéridon à abattant en acajou.

213 — Table-tricoteuse en marqueterie de bois clair.

214 — Table à ouvrage rectangulaire, sur pieds colonnettes en acajou.

215 — Guéridon, de forme contournée, sur pied lyre en bois.

216 — Objets omis.

www.ingramcontent.com/pod-product-compliance
Ingram Content Group UK Ltd.
Pitfield, Milton Keynes, MK11 3LW, UK
UKHW031736170726
13836UKWH00002B/684